그런데 그런데

실천시선 206

그런데 그런데

2013년 1월 17일 1판 1쇄 펴냄
2015년 6월 16일 1판 4쇄 펴냄

지은이   박순원
펴낸이   김남일
편집   이호석, 박성아, 이승한
디자인   김현주
관리 · 영업 김태일, 박윤혜

펴낸곳   (주)실천문학
등록   10-1221호(1995.10.26.)
주소   서울특별시 마포구 월드컵로10길 48 501호(서교동, 동궁빌딩)
전화   322-2161~5
팩스   322-2166
홈페이지   www.silcheon.com

ⓒ 박순원, 2013

ISBN 978-89-392-2206-9 03810

이 도서의 국립중앙도서관 출판시도서목록(CIP)은
e-CIP홈페이지(http://www.nl.go.kr/ecip)와
국가자료공동목록시스템(http://www.nl.go.kr/
kolisnet)에서 이용하실 수 있습니다.
(CIP제어번호:CIP2013000079)

실천시선
206

그런데 그런데

박순원

실천문학사

차례

제1부

제2부

제3부

제4부

제
1
부

아라비안나이트

　나는 그런데가 좋다 그리고도 그렇고 그러나도 그저 그
렇고 그러므로는 딱 질색이다 그런데 그런데야말로 정겹
고 반갑다 누가 손가락으로 나를 딱 짚으며 이렇게 묻는
다 그런데 너는? 나는 이렇게 대답한다 그야 나야 물론
그런데 순둥이 같은 그리고는 개성이 없다 그러나는 까
칠하다 그러므로는 고지식하다 그러니까는 촌스럽다 특
히 끝의 두 글자 니까가 마음에 안 든다 그런데는 두루뭉
술하면서도 날렵하게 빠져 다닌다 그랜저 같다 그런데와
함께라면 어디든 갈 수 있다 그런데 말이지 천연덕스럽
게 자기가 가고 싶은 쪽으로 말머리를 돌린다 그러므로
로서는 상상도 할 수 없는 일이다 나는 어떤 이야기 속에
서 천 개가 넘는 그런데를 본 적이 있다 안 가본 데가 없
고 황홀하기 그지없었다 그런데는 아주 짧게 짜증도 낼
수 있다 그런데?

나는 한때

인간의 말을 알아들을 수 없는
정자 하나 난자 하나였다
그때 내가 무슨 생각을 했었는지
도무지 기억이 나지 않는다
나는 눈도 코도 없었다
나는 겨자씨보다도 작았고
뱀눈보다도 작았다
나는 왜 채송화가 되지 않고
굼벵이가 되지 않고
나무늘보가 되지 않고
이런 엄청난 결과가 되었나
나는 한때 군인이었다
군가를 부르며 행진하고
총을 쏘고 일요일이면
축구를 했다 내가 쏜 총알은
모두 빗나갔지만 나는 한때
군인이었다

나는 지금 삼시 세 때

밥을 먹고 코를 골며

잠이 드는 사람이다

물고기도 다람쥐도 이끼도

곰팡이도 척척 살아가는

것 같은데 별일 없는 것 같은데

다들 좋은 한때를 보내는 것

같은데 나는 왜 이렇게 불안하고

왜 이렇게 후회가 되는가

겨자씨보다 뱀눈보다

작았던 내가 사람의 말을 알아

들을 수 없었던 내가 이렇게

커다란 덩어리가 되어 국기에

대한 경례를 하고 시대에

발을 맞춰 행진을 하고

낙엽

그런즉 가이사의 것은 가이사에게 하나님의 것은 하나
님께 바치라 하시니 나는 만 원짜리 지폐를 곰곰이 들여
다보다가 세종대왕께서는 이미 돌아가셨는데 이 파릇파
릇한 종이는 누구의 것인가 반면

천 원은 만만하고 부드럽다 낙엽 같다 나는 천 원짜리
를 낙엽처럼 지니고 다니다가 낙엽처럼 쓴다 나는 내가
전혀 알지 못하는 사람에게도 천 원짜리 한 장 또는 두 장
을 스스럼없이 내준 적이 몇 번 있다

며칠 전에는 천 원짜리 마흔두 장만큼 술을 마셨다 스
무 장 안쪽으로 가볍게 끝내려고 했는데 막판에 추가 안
주와 소주 두 병이 문제였다 더 전에는 천 원짜리 쉰다섯
장만큼 쉰일곱 장만큼 먹은 적도 있다 술이 취해서 후배
님들 오늘은 제가 사지요 백삼십 장만큼 마신 적도 있다
그리고 집에 들어갈 때 아직도 남아 있는 일곱 장 여덟 장
으로 빵이나 아이스크림을 사기도 한다

사실 나는 조그만 방석을 만들 수 있을 만큼 천 원짜리를 가지고 있다 방석의 두께는 묻지 마시라 그 생각만 하면 나는 저절로 웃음이 난다 물론 지금도 이 이야기를 하면서 빙긋이 나도 모르게 웃음이 난다

패키지여행

……힘든 현실 속에서도 현실을 회피하거나 외면하지 않고 있는 그대로 현실을 인정하며 그 어려움을 타개해나가려는 사람들"이라고 강조했다.

조현 종교전문기자 cho@hani.co.kr

가족들과 제주도를 다녀왔다 한 사람당 십오만 오천 원하는 패키지였다 사흘 동안 현실을 회피하거나 외면했다 어젯밤 제주도에서 돌아왔고 나는 이른 아침 신문을 읽는다 우리 가족은 다시 현실을 인정하고 그 어려움을 타개해나가려는 처지가 되었다

제주도에도 말 뼈를 갈아서 육만 원부터 십육만 원 삼십팔만 원 상황버섯을 특수 기법으로 파쇄해서 팔만 원 삼십만 원 구십만 원어치를 다시없는 기회라고 이 기회에 석 달 일 년 건강 챙기시라고 주상절리 매표소 앞에서는 할머니들이 쪼그리고 앉아서 망에 든 귤 한 덩어리를 들고 천 원 천 원 거저에 가까운 귤 귤값

현실을 인정하며 그 어려움을 타개해나가려는 사람들
은 어디나 가득했다 청주공항과 제주공항을 왕복하는 이
스타항공 기장과 승무원은 한 달 봉급이 얼마일까 호텔
은 호텔인데 호텔 식당이 없어서 아침은 맞은편 해장국
집에서 먹으라는 구부정한 호텔 사장님은 일 년에 얼마
를 버실까 해장국집에서는 우리가 먹은 오천 원짜리 해
장국을 얼마씩 쳐서 받을까

　　나는 며칠 동안 현실을 회피하거나 외면하고자 했는데
가족들과 함께 이른 아침 제주도에서 둘은 콩나물해장국
둘은 황태해장국을 먹으며 이것이 현실을 벗어난 것인가
저물기 전에 한 코스라도 더 돌아주려고 노력하시는 기
사님 비수기라 가이드도 없이 혼자서 설명하며 운전하며

　　종교전문기자님은 이 한세상을 어떻게 건너가시나 종
교인으로 건너가시나 기자님으로 건나가시나 불교 기독

교 이슬람교 힌두교도는 각각 이 한세상을 어떻게 건너
가나 있는 그대로 현실을 인정하고 그 어려움을 타개해
나가려면 종교를 뭐하려고 믿나

　회피도 안 되고 외면도 안 되는 현실 돌아서면 함께 돌
아 내 앞에 와 있는 현실 돈만 있으면 한 사흘쯤은 외면하
고 회피할 수 있는 현실

　제주도는 백이십만 년 전 화산 폭발로 생겨났습니다 독
도는 사백육십만 년 전에 울릉도는 이백오십만 년 전에
생성되었다 독도나 울릉도는 조그마하니까 그렇다고 쳐
도 제주도가 생겨날 때 한라산이 솟아오를 때 그 장엄한
광경을 봤어야 하는 건데

　혼자 옵서 재게재게 옵서 삼촌 있쑤꽈? 폭싹 속았수다
제주도에는 언제부터 사람이 살았을까 언제부터 제주도
사람들이 제주도 말을 쓰며 살았을까 먹여주고 재워주고

구경시켜주고 덤으로 제주도 말까지 가르쳐주는 패키지
로 묶여 있는 이 여행은 언제부터 생겼을까

질량보존의 법칙

　살을 오 킬로 뺐다 빠진 나의 살은 어디로 갔나 어디에 보존되어 있나 내 살들은 어디로부터 온 것인가 어디로부터 와서 나에게 보존되어 있는가

　그러게 말입니다 이 세상에 입 밖으로 나온 말들은 모두 보존되어 있지요 부처님 말씀처럼 성경 말씀처럼 내가 입 밖으로 밀어낸 공기의 파장들은 나비효과가 되어 이 세상을 떠돌죠

　나는 나비효과의 결과인가 나비의 날갯짓이 개미의 무심한 발자국이 왜 이런 결과를 가져왔는가

　누차 말씀드립니다 지구는 둥급니다 앞으로 앞으로 자꾸 걸어나가면 온 세상 어린이를 다 만나고 온답니다 베리 디피컬트하지만 임파서블은 아니죠 오해하지 마세요 각진 우리말보다는 매끄러운 영어가 더 부드럽고 깊은 파장을 만드니까요

나는 할아버지 묘에 대고 절을 한다 할아버지 어디 계세요 어디에 보존되어 있으세요 제가 하나의 차일드에 불과했을 때 제게 삼국지를 꼭 읽어야 한다고 말씀하셨잖아요 왜 그런 말씀을 하셨나요 다 미리 예측하신 나비 효과였나요

　이미 파장이 되신 할아버지 우리들 꿈속에 상반신만으로도 눈동자만으로도 존재하실 수 있는 할아버지 삼국지를 읽으라는 말씀만으로도 존재하실 수 있는 할아버지

　나는 밥과 김치와 고기와 햄과 버터와 식빵과 쨈과 커피와 라면이 주류와 안주류와 식사류가 골고루 빚어낸 내가 의무적으로 보존하고 있는 이 질량이 그리고

　초중고를 거치면서 무엇보다도 인간이 되라고 우리말로 그리고 영어로 때로는 수식으로 가르쳐주신 말씀들이

부담스러워 조금이라도 덜어내고 싶은데

마흔넷

앞으로
일하면서 이십 년
노후로 여생으로
이십 년 차라리

꽃잎을 뜯어 먹고
지금 죽을까

내가 죽으면 아내는
미망인이 되어
미망이 되어
아니지

아니지 재혼하겠지
어린아이 둘을 데리고
슬픔에 겨워 겨워 울먹이고
까무러쳤다 일어나

장례도 치르고
보험 처리도 하고

구름이 흘러 흘러

한 달쯤 지나서 다시 출근도 하고
그래도 아직은 시무룩한데
내가 아내 몰래 얻어 쓰고 갚지 않은

팔십만 원 구십만 원 현금서비스
약관대출 만기일이 하나씩 하나씩
돌아오면 가슴에 있는 말 한마디를
끝끝내 하지 않은 내가
얼마나 미울까 야속할까

새로운 슬픔이 솟아나고
그렇게 일 년 이 년 출근하고

퇴근하고 어린아이 둘 씻기고
밥해 먹이고 숙제 봐주고

새로운 꽃잎이 빨갛게
노랗게 반짝이다 시들고
반짝이다 시들고
하얗게 분분분 날리기도 하고

한두 번 거절하다 성화에 못 이겨
마지못해 선을 보고 자리만 적당하면
아이들을 위해서라도
미망에서 벗어나

나는 꽃잎을 뜯어 먹고
또 다른 저승으로
꽃잎을 뜯어 먹고
또 다른 저승으로

25

꿈이 사라지다

아무리 먹어도 배가 부르지 않아 눈을 떠보니 아내가
돌아누워 있었다 다가가서 젖꼭지를 한번 만져보고 돌아
누웠는데 아까 그 꿈속으로 다시 들어갈 수가 없었다 그
꿈속에서 나는 취직이 되었는데 아직 확실하지는 않았지
만 이야기가 거의 다 되었는데 그래서 기쁘면서도 한편
으로 무척 초조했는데 아내에게 우리 서울로 이사해야
한다고 밥상머리에서 이야기하고 있었는데 도와주신 분
에게 예전에 내가 실수한 적이 있어 잘 풀어야 할 텐데 아
내에게 길게 길게 이야기하고 있었는데 그 이야기는 다
어디로 갔나 그리고 지금 다시 펼쳐지는 이 이야기, 조금
전에 아내의 젖꼭지를 만지고 아직도 내 손끝에 남아 있
는 이 감촉은 앞으로 어떻게 되나

이른 아침

　나는 아직 이불 속에 웅크리고 있는데 이른 아침 아내가 배춧국을 끓인다 배추는 이른 아침부터 불려 나와 끓는 물속에서 몸을 데치고 있다 배추는 무슨 죄인가 배추는 술담배도 안 하고 정직하게 자라났을 뿐인데 배추에 눈망울이 있었다면 아내가 쉽게 배춧국을 끓이지는 못했을 것이다 생각이 여기에 미치자 그래 나도 눈망울을 갖자 슬픈 눈망울 그러면 이른 아침부터 불려 나가 몸이 데쳐지는 일은 없을 것이다 그렁그렁 소 같은 눈망울로 빤히 쳐다보고 있으면 나를 어쩔 것인가 아, 하나의 방법을 알게 되었다 그런데 꼭 오늘 아침은 아니지만 우리가 가끔 먹는 동탯국 머리째 눈망울째 고아내는 시뻘건 그 국은 무엇인가 내가 지금 이불 속에서 이러고 있을 때가 아니다

나는 어부지리로 살고자 하였으나

어부가 아닌 탓에
염화미소와 전전반측의
나날들 나는 옥에 티가 되고자
하였으나 티끌 모아 태산이
되고자 하였으나 조족지혈에
불과하고자 하였으나 오비이락
배를 떨어뜨리고도 태연히
날아올라 제 갈 길을 가는
까마귀가 되고자 하였으나
풍전등화 바람 앞의 등불
등불과도 같은 상징이 되고자
하였으나 타산지석과 같은
돌이 되고자 하였으나 주객전도
주와 객이 전도될 때 그 묘한
느낌 스릴 아! 내가 주인일
수도 있구나 수주대토의 토끼
토사구팽의 토끼가 될 수도

있겠구나 전전긍긍 긍긍은
의태어 모양이 우습지만 전전에
임하는 긍긍의 자세 태도 입장
긍긍 긍긍 나는 어부지리로 살고자
하였으나 회수를 건넌 귤이 되어
탱자가 되어 탱자 탱자
살고자 하였으나 긍긍
긍긍 허리띠도 없이
바지춤을 움켜쥐고

돼지 껍데기

소주를 마시다가 취해서
장난처럼 껍데기는 가라 껍데기는
가라 젓가락질을 하다가 문득

사람도 껍데기가 있을 것이다
내가 죽으면 내 껍데기는 누가
먹나? 그것은 이미 내 것이
아니므로 누가 먹더라도 관계는
없지만 돼지는 이미

다른 세상에서 태어나 복 받고
살아가고 나는 이 세상에 남아
돼지가 남긴 껍데기를 연탄불에
구워 소주와 함께 먹는데
콜라겐 덩어리 피부 미용에
효과가 탁월한 노릇노릇 바싹
구워 고소한 맛이 나는

돼지는 이미 다른 세상에 다른
모습으로 태어나 의젓하게 살아가는데
나는 소주에 취해서 장난이랍시고 껍데기는
가라 껍데기는 가라 꿀꿀 꿀꿀 돼지
흉내를 내고 돼지를 비웃고 놀리고
때리고 낄낄거리고 내기를 하고

돼지가 보기에 ― 용서하소서
저들은 저들이 하는 일을 알지
못하나이다

마산에서

성선경 시인이 자신의 허술함과
누추함을 속속들이 보여준다고
나를 집으로 데리고 갔다
맥주 몇 병을 사 들고 오 층
꼭대기까지 걸어서 올라갔다

허술하기 이를 데 없는 시인과
무너져 내리지 않게 지탱하고 있는 아내와
속을 알 수 없는 나그네가 둘러앉아
맥주를 한 병씩 한 병씩 따서 마셨다

오십에든 육십에든 좋은 시
다섯 편만 쓰면 되지 않겠어요
앙이다 수너나 기기 앙이다
죽어라꼬 써야 시인잉기라
죽기 직전까지 대롱대롱 매달려서라도
써야 시인잉기라

시인의 아내는 술을 마시다
말고 문득 김밥을 말았다 늘
있는 일이라고 했다 김치만 넣고
순식간에 마는데 칼칼하고 고소하고
맛이 여간 좋지 않았다

김밥을 마는 동안에도 김밥을 먹는
동안에도 시인은 김밥 자랑에
여념이 없다 대롱대롱 매달려서
뭐가 그렇게 좋은지

마스게임

내가 중학교 삼 학년 때 청주에서 소년체전이 열렸다
우리는 마스게임을 준비했다 연합고사고 나발이고 하루
에 세 시간 네 시간 임박해서는 반나절씩 일주일 앞두고
는 수업을 전폐하고 하루 종일 연습했다 주제는

충효였다 맨 끝에 가운데 탑에서 연막탄이 터지면 양
옆에서 커다란 '충', '효' 펼침막이 갑자기 펼쳐지고 관중
의 탄성을 유도하면서 마무리되는 구도였다 마스게임복
은 이천삼백 원이었는데 천 원은 보조해주고

학생들이 천삼백 원씩 내고 사서 입었다 하얀 실내화도
각자 사서 신었다 마스게임복 상의는 앞은 노란색 뒤는
흰색이었다 행사가 끝나고 나서도 시내에서 그 옷을 입
고 다니는 친구들을 자주 만날 수 있었다 행사 당일

경비가 삼엄했다 어른들은 마스게임보다도 절도 있고
철통같은 군인들 경찰들 얘기를 더 많이 했다 행사는 획

지나갔다 그때 청주를 휙 지나간 대통령은 그해 가을에
죽었다 담임선생님은 국사와 도덕을 가르치시는

　자상하고 인자하신 분이었는데 조그맣고 조용한 청주
를 이렇게 들썩거리게 한 역사적인 큰 행사에 참여하게
된 것이 나중에 좋은 추억이 될 거라고 거듭거듭

홋카이도

어젯밤 나는 나도 알아듣지 못하는 일본말을 하고 있었
다 홋카이도였는데 나는 붕 날아서 지도 속으로 빨려 들어
가듯이 홋카이도 속으로 들어가서 아이누족 사람들과 일
본말을 하고 있었다 어제저녁에는 바닷가재 회를 먹었다

장식으로 내놓은 바닷가재 머리에 붙은 다리가 조금씩
움직였다 박사논문 심사 뒷자리에 어떻게 끼여 앉은 것
인데 나는 구석에서 가끔씩 헛기침을 하면서 앞발만 조
금씩 움직여 음식을 먹었다 그리고 집에 와 잠이 들었는
데 일본말을 하게 된 것이다 나는 속으로 일본말을 할 줄
몰라 겁이 나면서도

뭐라고 말을 하기 시작하니까 더듬더듬 말이 흘러나왔
다 키가 작은 아이누족 사람들이 알아듣고 고개를 끄덕
였다 또는 알아듣는 척 고개를 끄덕였다 이렇게 현실과
꿈을 넘나들며 일관성 없는 하루가 갔다 아람어를 쓰셨
던 예수께서 바울 앞에 나타나 히브리 방언으로 말씀을

하셨다는데

  예수님이 만약 내 앞에 나타나시면 어느 나라 말로 말
씀을 해주실까 나는 잠을 자다가 꿈을 꾸다가 가위에 눌
릴 때가 있는데 나는 그때마다 정신을 차려야 한다 정신
을 차려야 한다 한국말로 다짐하고 다짐한다 내가 꿈속
에서 더듬거리던 일본어는

  이제 도무지 생각나지 않는다 멀리 알래스카에서 왔다
던 바닷가재 바닷가재 살은 내가 다 먹었는데 머리는 어
디에 있을까 그리고 내가 홋카이도에 간 것은 똑똑히 기
억이 나는데 도대체 나는 홋카이도에서 어떻게 돌아올
수 있었을까

결혼식

　김종훈 결혼식이다 태풍이 중국까지 왔다는데 밤새 비가 억수같이 쏟아지고 천둥이 치고 아내가 돌아누우며 차 가져가지 말고 버스 타고 올라가요 나도 글쎄 하면서 돌아누웠는데

　결혼식은 김종훈 결혼식이었는데 내가 아는 선후배가 다 모였다 낯만 익고 이름이 가물가물한 후배들도 빼곡히 다 모였다 나는 비를 맞아 후줄그레한 정장 차림에 맨발이었는데 만나는 사람마다 비가 와서 오랜만에 비가 와서 깨끗한 물 밟느라고 되도 않는 변명을 하는데 결혼식은 안 하고 축하 공연만 계속하다가 날이 저물었다 공연은 어설펐지만 재밌었다 시국과 관련된 소박하고 힘찬 내용이 계몽적이면서도 진실한 감동이 느껴졌다 나중에 신랑이 청바지 차림에 머리는 산발을 하고 나타나 구겨 신은 운동화를 바로 신으며 결혼식은 조금 있다 할 거라고 태평스레 제 친구들과 뭐라고 뭐라고 떠드는데 생각해보니 이 북새통에 신부는 어디 있는지 있기는 있는지

결혼식 하고 나면 점심도 안 먹은 이 많은 사람들이 밥은
또 어떻게 먹는지

　이튿날 아침 비가 그쳐서 차를 몰고 올라가다가 고속도
로에서 폭우를 만났다 결혼식이 끝날 때까지 그치지 않
았다 초복이었는데 김종훈 결혼식이었는데 결혼식장에
서 소주 두 병을 마시고 예약한 맥줏집에 일착으로 가서
오백 서너 개를 마시니까 사람들이 몰려왔다 다 아는 사
람들이었다 결혼식은 김종훈 결혼식이었는데 취해서 혼
자 신이 나서 돌아다니면서 떠들다가 미친놈 소리도 듣
고 후배들 따라와라 내가 술 사줄게 결혼식은 김종훈 결
혼식이었는데 후배들을 횟집으로 몰고 가서 미친 듯이
술을 마시고 나중에 따라 나온 김종훈이 계산을 하고 내
가 술 산다고 했는데 김종훈 결혼식인데 신부가 최은숙
인데 둘은 호텔에서 잘 거니까 난 서울에서 잘 데 없으니
까 아파트 열쇠 내놔라 아내가 아침에 깨끗하게 다려준
새 옷은 이미 엉망이 되어 결혼식은 김종훈 결혼식이었

는데 새까만 후배 두 명만 남아 그래 또 술 사줄게 결혼식
은 김종훈 결혼식이었는데 나중에는 다 가고 나 혼자 남
아 홍알홍알 축한지 뭔지 이젠 비도 그치고 우산도 잃어
버리고

캥거루의 두 발 점프

붉은캥거루 암컷은 며칠 동안 물을 마시지 못하면 심장이 배변을 금지한다 한 방울의 젖이라도 더 짜내기 위해서다 붉은캥거루 암컷은 성장 단계가 각각 다른 세 마리의 새끼를 함께 돌볼 수 있다 젖이 네 갠데 하나는 아주 어린 새끼가 먹는 저지방 고탄수화물 젖이 나오고 또 하나는 좀 자란 녀석이 먹는 고지방 저탄수화물 젖이 나온다 두 개는 비상용이다 그래도 캥거루 새끼가 이 년 이상 자라지 못하고 사망할 확률은 팔 할이다 이것이 인간이 전쟁을 하는 동안에도 기도를 하는 동안에도 그림을 그리고 음악을 듣는 동안에도 큰 배를 만들어 먼 바다를 건너가는 동안에도 달나라에 다녀오고 우주 끝으로 우주선을 날려 보내는 동안에도 캥거루는 진화에 진화를 거듭하지 않을 수 없는 이유다

제
2
부

아! 사루비아 꽃을 든 남자

내가 군에 있을 때 방실이가 서울시스터즈였을 때 위문 공연을 왔었다 새벽안개 헤치며 달려가는 첫차에 몸을 싣고 쿵짝쿵짝 당신은 멀리멀리 몸도 싣고 꿈도 싣고 내 마음 모두 싣고 나는 그때 군화를 신고 춤을 추던 병사였다

나는 노래방에 가면 꼭 〈서울 탱고〉를 부른다 내 나이 묻지 마세요 이름도 묻지 마세요 착착 끊어지면서도 감기는 탱고의 맛이 좋다 인생은 구름 같은 것에서 구름이 무척 높은 음인데 그런 높은 음을 내고 나면 곧바로 그냥 쉬었다 가세요 술이나 한잔하면서

물

내 몸은 반 이상이 물이다
당신이 나를 잡아먹는다면
반 이상은 물을 먹는 셈이다

나는 스폰지가 물을 머금고 있듯이
물을 머금고 있는 것이다
지구를 흘러 다니던 물이 나에게도
흘러와 흘러가는 것이다

나는 걸어 다니는 구름이고 누워서
코를 골며 숨 쉬는 강이다 가만히
앉아서 생각하는 웅덩이며 술을
마시고 출렁거리는 바다다

나는 푸르게도 희게도
검게도 될 수 있다
무색투명할 수도 있다

누가 나를 잡아먹더라도

반 이상은 물을 먹는 셈이니

나는 아까울 것이 없다

에쿠스 지나간다

　　나는 나의 언어를 문학적 용도로 사용한다 상업적 산업
적 행정적 법률적 용어로 오해하지 마시라 일상적으로
평범하게 읽지 마시라

　　에쿠스 지나간다 말과 마구간도 없는 에쿠스 거만하게
지나간다 소나타 지나간다 엑센트 지나간다 모닝 모닝
모닝 연달아 지나간다 소울도 지나간다 소나타는 신형
구형 최신형 리듬이 있다 프라이드 지나간다 지금은 쉐
보레 스파크로 이름을 바꾼 마티즈도 지나간다 겸손하다

　　나의 언어는 문학적이다 다 비유고 상징이다 빗대고 있
는 것이다 자간 행간에 진짜 하고 싶은 말을 감추고 있는
것이다 지나가는 것들을 바라보는 사이사이

　　풀 옵션 에쿠스 지나간다 그랜저 럭셔리 지나간다 올
뉴 프라이드 지나간다 새로운 자존심 자꾸자꾸 업그레이
드되는 자존심 긍지 자랑 오만 거만 지나간다 엉덩이가

빵빵한 유로 엑센트 지나간다 스포티지 윈스톰 모하비
엘란 옵티마 소울 소울 지나간다 아우디 베엠베 외제차
도 지나간다

　부드럽게 미끄러져간다 사이사이 자간 행간 사이사이
진짜 하고 싶은 말을 감추고

적(敵)

꿈속에서
노숙자가 자꾸 따라오길래
걸음을 빨리하다가 눈이
딱 마주쳤다

지갑을 꺼내 만 원을 주었더니
새까만 손을 내밀어 받았다

그리고 나는 내 꿈속에 같이
들어갔던 사람이 아니라면 도저히
설명할 수 없는 데를 돌아다녔다
푸른 물감 칠을 한 이상한 절벽을
미끄러져 내려 수영장인지 목욕탕인지
모를 곳에서 둥둥 떠다니다가
깨어났다

노숙자는 누구였을까

나와 눈이 딱 마주쳤는데
허름하고 누추하고
이죽거리면서 절룩거리면서
나를 자꾸 따라오던 그는
누구였을까

꿈속에서 나라고 생각했던
겁을 먹고 자꾸 피해 다니던
그러면서도 이것은 피하는 것이
아니라 자리를 옮기는 것이라고
마음속으로 위안을 하던
그 사람은 또 누구였을까

오렌지 기하학

　권정우 함기석 김덕근 송찬호 부부 이종수 박순원 함께
술을 마셨다 권정우 열 시 넘으니까 시 쓴다고 들어갔다
함기석 박순원 송찬호 부부 이종수 노래방에 갔다 맥주
시켜놓고 춤추고 지랄 지랄 한참 있다

　송찬호 부부는 언제나처럼 몰래 계산하고 보은으로 이
종수 함기석 박순원이 남았다 막판에는 꼭 이종수하고
함기석하고 어깨동무를 하고 노래를 부른다 진정한 락커
들이다 생각해보니까 함기석 시집

　『오렌지 기하학』이 나와서 모인 것이다 우선 몇 마디
입에 발린 소리로 축하를 하고 바로 깐풍기에 옌타이 고
량주 시 낭송도 했는데 『오렌지 기하학』은 수학책 같아서
낭송할 수 있는 시가 별로 없다

　가물가물 함기석이 무슨 시 하나를 낭송하고 박수 치고
노래방 이후 함기석은 언제나처럼 한잔 더 하자고 이종

수는 언제나처럼 비스듬히 쓰러져 눈을 감고 음냐음냐 박순원은 고개를 절레절레 흔들고

언제나처럼 대리운전 043-2222-××××차에서 내려서 집을 못 찾아 돌아가던 대리기사한테 전화해서 엉뚱한데 내려주시면 어떻게 하느냐고 다시 돌아온 대리기사가 맞다고 보시라고 코아루아파트라고 친절하게 일러주고

왕짜증을 내고 다시 돌아갔다 어떻게 어떻게 집은 찾아 들어갔는데 어디서 안경을 잃어버렸다 테가 겉은 짙은 회색 안쪽으로는 오렌지색으로 직접 보지 않은 사람한테는 설명하기 힘든 오래된 아끼는 안경이었는데 그런데

김덕근은 언제 없어졌는지 모르겠다 이 모든 것이 삼차원의 공간에서 오렌지 껍데기 위에서 시간의 순서에 따라 벌어진 일이다

츄리닝

너를 츄리닝이라고
부르겠다 츄리닝이라고 해야
너는 가장 너답다 반갑다
츄리닝

약속에 불과한 것이다 너라고 불러도
되는 너를 그냥 츄리닝이라고
부르기로 한 것이다 츄리닝 속에 들어
있는 너는 변함없다 끄떡없다
걱정 마라 츄리닝

우리가 너를 츄리닝이라고
부르면 너는 온몸으로 비유가 된다
늘어진 츄리닝의 이미지 온몸으로
하나의 이미지가 된다 고맙다
츄리닝

너라고 불러도 되는 너를
츄리닝이라고 부르니까 너는 안
보이고 츄리닝만 보인다 그래도
츄리닝 속에 들어 있는 너는
변함없다 끄떡없다 계속
수고해라 츄리닝

은유, 신기한 농담

기역자로 꺾인 모퉁이 술자리 한쪽으로 두 명 다른 모
퉁이에 두 명, 네 명이 함께 술을 마셨다 그중 한 명은 내
가 예전에 아무도 모르게 나 혼자만 좋아했던 아주 어린
여자 후배였다

나는 그것이 꿈속이라는 것을 알았다 어두운 거리 모퉁
이였고 일식 요리사 복장을 한 주인이 작고 흰 도자기를
들어 따뜻한 술을 번갈아 따라주면서 신기한 농담을 건
넸다

사람의 이름이란 그저 그 사람을 가리키기 위해서 내는
소리에 불과한 것 같지만, 제때에 그 의미를 깨달을 수 있는
사람에게는 그 사람의 앞으로의 행위를 암시할 수 있죠*

나는 그것이 꿈속이라는 것을 알았기 때문에 안개비가
자욱한데 한데서 술을 마시는데 젖지도 취하지도 않는
것이 이상스럽지 않았다 거짓말이라고 해도 할 수 없지

만 그 여자 후배의 이름은 끝내 밝힐 수 없다

　거리는 깜깜했고 우리는 경중경중 뛰어와 안개비에 젖
은 옷을 털고 술집에서 내건 둥근 등처럼 환하게 웃으며
자리에 앉았는데 그게 꿈이라니 그 이름이 아직도 혀끝
을 맴도는데

---

* 윌리엄 포크너의 소설 『팔월의 빛』에서 가져옴.

흘러가는 하얀 구름

벗을 삼아서
법대로 하세요
내 마음 깊은 곳의 그리움
법대로 하세요
하늘가에 피어나는
무지개처럼
법대로 하세요
바람처럼 왔다가
이슬처럼 갈 순 없잖아
내가 산 흔적일랑
남겨둬야지
법대로 하세요
가시는 걸음걸음
놓인 그 꽃을
법대로 하세요
즈려밟으세요
엄마야 누나야

법대로 하세요
법으로 남남이면
남남이지요
즈려밟으세요
가시는 걸음걸음
놓인 그 꽃을
인정상 의리상
어쩌겠어요
법대로 하세요

벚꽃이 지던 날

나는 읽던 책을 덮고
마산에 갔다

경배합니다
나마스테*

당신의 마음속에 있는
신을 경배합니다
당신의 마음속

내 마음속에 있는 신은
나를 닮았다 작고
못생겼고 찌질하다

"삼각형이 생각을 할 줄
알았다면 그는 '신이 삼각형이다'
라고 말했을 것이다"라고 스피노자께서

스피노자다운 말씀을

당신의 마음속 돌고래의 마음속
고양이의 마음속 참새의 마음속
미꾸라지의 마음속 돌멩이의 마음속

청주를 출발해서 한 시간
반을 달리고 선산휴게소에서
십오 분을 쉬었다가 다시 한 시간
반을 달려 마산에 다다른 대성고속
시외버스의 마음속

마산에서 성선경 시인을 만났다
서로의 마음속에 있는 신께
경배를 드리고 소주를 마셨다
요즘 보기 드문 도다리 세꼬시를
찬양하며 세 병 마셨다

시인의 친구 시인의 아내 차례차례
서로의 마음속에 있는 신께 경배를 드리고
맥주 복분자술 양주까지

넷이 둘러앉으면 꽉 들어차는
작고 삐거덕거리는 시인의 집에서
삐거덕거리는 신께 경배를 드리며

우리끼리 있으면 세상에 걱정이
없다는 듯이 우리는 끄떡없다는 듯이
그 자리에서 그냥 쓰러져
잠들 때까지 마셨다

'수녀나 회 한 접시 묵자'
성선경 시인이 전화로
내 마음속 작고 찌질한
신을 부르는 소리다

구강의 날

　나는 꼬리 없이 태어났다 굳이 꼬리가 필요하지 않았기 때문이다 오늘은 구강의 날이다 나는 아침을 먹고 칫솔질을 하고 신문을 본다 신문은 구강의 날 특집이다 칫솔질만 잘하면, 유아기 때부터 구강 관리를 잘하면 인생이 행복하다 젖을 물려 재우지 말 것 앞니가 올라오면 거즈 등으로 깨끗이 닦아줄 것 오늘은 6월 9일 구강의 날이다 제1 대구치의 9와 맹출되는 시기인 6을 합성하여 6월 9일 구강의 날이다 나는 꼬리 없이 태어났다 태어나서도 꼬리가 자라지 않아 꼬리의 날이 없다 손톱의 날 발톱의 날도 없다 지느러미의 날 십이지장의 날도 없다 나는 아랫니 윗니를 소리 나게 딱딱 마주쳐 구강의 날을 기념한다

연말정산

나는 달면 삼키고 쓰면 뱉는다
나는 전향하였다 연말정산 서류를 작성하고
사인한 것으로 전향서를 대체한다
나는 자본에 종속되었다 영어와 일어를 익히지
못한 것을 몹시 후회하고 있다 요새 중국어를
조금 배운다 중국공산당은 이미 나보다 훨씬
더 먼저 전향했다 장사에 이골이 난 친구들이다
나는 달면 삼키고 쓰면 뱉는다
나는 투항하였다 꿈은 소박하다 정규직이다
올해 처음 해본 연말정산을 해마다 거르지
않는 것이다 달콤한 꿈이다 꿀떡처럼 그냥
꿀꺽 삼키고 싶다 연말정산 없이 살아온 세월을
참회하고 회개하며 나는 달면 삼키고 쓰면 뱉는다
나는 자본에 종속되어 있으므로 종속변수다
e-편한 세상 자본의 흐름에 나를 맡길 뿐이다
다리를 쭉 뻗고 때로는 다리를
오그리고

나는 개를 기르지는 않지만

지나가다 어떤 강아지에서 체념의 표정을 읽을 때가 있다 대부분의 강아지는 명랑하지만 간혹 시무룩한 강아지를 만나기도 한다 주인의 비위를 맞추기 위해 일부러 깽깽거리며 불쌍한 척 슬픈 척 연기를 하는 강아지도 있다

강아지는 체념이라는 말을 모르기 때문에 자신이 무엇을 하고 있는지 모르겠지만 체념이라는 말을 아는 내가 보기에 그것은 분명 체념의 표정이었다 나도 체념이라는 말을 알지 못했다면 모든 것을 단념해야 하는 이 상황과 이 처참한 기분을 뭐라고 해야 할지

나는 낙지의 표정을 읽을 수는 없지만 산낙지로 연포탕을 끓일 때 마지막으로 크게 한번 몸을 뒤트는 것 그것이 체념이 아니면 무엇이겠는가

교대역에서

　나는 옆구리가 터진 김밥을 보지는 못했지만 지하철 문이 한꺼번에 열릴 때 그 말이 무슨 말인지 알 수 있을 것 같았다 김밥 옆구리 터지는 소리 농담도 심한 농담이다 귀신 씻나락 까먹는 소리 개 풀 뜯어 먹는 소리 김밥이 얼마나 시답잖으면 옆구리가 터질까 옆구리가 터진 김밥도 김밥천국에 들어갈 수 있을까 기다란 지하철 문이 한꺼번에 열리고 사람들을 쏟아놓고 다시 꾸역꾸역 쓸어 담는 광경을 볼 때 또는 내가 그 속에서 그 일원일 때 나는 거대한 김밥을 실감한다 그리고 단호하게 문을 닫아 모든 상황을 봉합하고 다시 출발하는 지하철을 볼 때 나는 실제로 옆구리가 터진 김밥을 보지는 못했지만 설사 내 옆구리가 터진다고 하더라도 심한 농담쯤으로 여기며 다시 천천히 출발할 힘을 얻는다

적재적소

무엇무엇처럼 살고 싶다 비행기처럼 옥수수처럼 하모니
카처럼 좁쌀처럼 수수 기장처럼 바나나처럼 자전거처럼

양파처럼 산다는 것은 쉬운 일이 아니다 줄기까지 땅속
에 묻혀서 잎만 내놓고 숨을 쉬면서 매콤하면서 달달하
면서 사각거리기가 어디 그렇게 쉬운 일이겠는가

미꾸라지가 지렁이가 죄를 짓고 죽어서 벌을 받으면 인
간으로 태어난다 산은 산이요 물은 물이니까 산도 셀프
물도 셀프 미꾸라지 지렁이도 셀프 셀프

나는 지금 적재적소에 배치되어 있다 그리고 늘 적재적
소를 향해 움직이고 있다 쓸데없이 돌아다니고 간신히 빠
져나오고 멋모르고 덤벼들어도 가서 보면 또 적재적소다

풀

수컷 한 마리 암컷 한 마리에게
눈길을 준다 배시시 웃는 암컷
수컷 다가간다 뭐라고 뭐라고 떠들자
암컷 고개를 끄덕인다 반팔쯤 사이를
두고 수컷을 따라간다
풀이 눕는다
바람보다 먼저 눕는다

즐거운 곳에서는 날 오라 하여도
아들 하나와 딸 하나가 함께 노래한다
아빠 힘내세요 우리가 있잖아요
즐거운 곳에서는 날 오라 하여도
집에 있는 암컷 한 마리 머리를 긁으며
수첩에 뭘 적고 있다

제
3
부

필라멘트

　내 몸속에는 몇 개의 미토콘드리아가 있을까 대한민국에는 내가 사는 오창읍에는 몇 개의 필라멘트가 있을까 미토콘드리아는 미토콘드리아마다 사연이 있지 필라멘트가 끊어지면 필라멘트를 감싸고 있던 유리도 함께 버려지지 끊어진 필라멘트는 폐기되고 나는 미토콘드리아가 시키는 대로 살아가지 전구의 핵심은 필라멘트 유리는 필라멘트를 감싸고 있을 뿐 보호할 뿐 더욱 빛나게 할 뿐 내 몸속에는 우리가 사는 지구에는 몇 개의 미토콘드리아가 있을까 얼마나 많은 사연이 있을까 필라멘트는 필라멘트로 태어나서 불 밝히는 일 딱 한 가지 일만 하다가 끊어지면 끊어져서 덜렁거리면 유리와 함께 버려지는데

고국에 계신 동포 여러분

나는 그때 고국에 계신

동포 여러분이었다

유제두가 와지마

고이치를 적지에서 때려

눕히고 홍수환이 신화처럼

전설처럼 사전오기로

챔피언을 먹었을 때 나는

고국에 계신 동포 여러분이었다

반공 포스터를 그리고 국민교육

헌장을 외우고 육영수

여사 추모 글짓기 대회를 하고

둘만 낳아 잘 기르자

대책 없이 낳다 보면

거지꼴을 못 면한다 표어를

짓고 쥐 잡는 날 불조심 강조

기간 리본을 가슴에 달고 우리는

민족중흥의 역사적 사명을 띠고

이 땅에 태어나 선생님은 혼분식

도시락 검사를 하고 복장 불량한 놈

쓸데없이 킥킥거리는 놈

빠따를 치고 나도 억울하게

몇 번 걸려 엉덩이에 불이 나고

고국에 계신 동포 여러분

기뻐하십시오 아나운서가

울부짖으면 우리는 흑백 TV

앞에 옹기종기 모여 앉아 고국에

계신 동포 여러분 온 국민이

하나가 되어 얼싸안고

내가 이긴 것처럼

속이 다 후련하고

눈먼 거지

나는 눈이 멀지도
않았고 거지도 아니다
너무 다행이다

나는 예수도 아니고 부처도
아니고 간디도 아니고
안중근 의사도 윤봉길 의사도
아니고 김구 선생도 아니고
아니라서 다행이다

나는 TV도 보고 영화도
보고 국밥도 먹고 순대도
먹고 친구들을 만나 돼지고기를
구워 소주도 마시고 파전에
막걸리도 마시고 맥주도 마시고
가끔 가끔 양주도 마신다
노래방에서 노래도 부른다

나는 눈이 멀지도
않았고 거지도 아니라서
너무 다행이다

태어나니까 민족은 독립했고
전쟁은 이미 끝나 있었고
월남에서는 이란 이라크에서는
아프가니스탄 소말리아에서는
계속 계속 전쟁이 일어났지만

나는 월남인이 아니라서 이란
이라크인이 아니라서 아프가니스탄
사람이 소말리아 사람이 아니라서
무엇보다

유대인이 아니라서 팔레스타인

사람이 아니라서 얼마나 다행이던지

나는 눈이 먼 것도 아니고
거지도 아니라서
정말 다행이다

크리스마스트리

크리스마스트리를 츄리로 발음하던 때가 있었다 츄리
는 금박지 은박지 반짝이 전구를 치렁치렁 걸치고 있었
다 내가 츄리닝을 엉덩이에 걸치고 있듯이 그때 나는 트
레이닝이라는 말을 몰랐고 빠꾸 오라잇 모도시 조수대로
택시에도 조수가 있었으니까 오죽하면 코너킥을 구석차
기로 골키퍼를 문지기로 바꾸려고 했을까 하긴 하도 난
리를 쳐서 주고 싶은 마음 먹고 싶은 마음 퍼모스트아이
스크림이 빙그레로 바뀌었으니까 그러다가 지금 익산으
로 바뀐 이리에서 이리역에서 한국화약이 폭발했다 한화
이글스의 한화는 한국화약의 준말이다 한화 이글스의 전
신은 빙그레 이글스다 빙그레 이글스 이글스가 어떻게
빙그레 할 수가 있을까 우리나라에서 박스컵 축구 대회
태국에서 킹스컵 축구 대회가 열리던 때의 일이다

오코

종훈이 은숙이 결혼할 때 서울에 올라가 술이 떡이 되도록 먹고 흥알흥알 또 그 얘기를 시로 써서 아는 사람들끼리 키득거리며 돌려 읽었는데 은숙이는 배가 불러오면서 볼 때마다 종훈이는 딸 낳았다고 축하한다고 전화를 하니까 시 하나 또 쓰라고 지랄들을 한다 예쁘냐니까

예쁘단다 예쁘겠지 예뻐야지 많이 많이 실컷 예뻐해라 종훈이는 저나 나나 학원 강사 하면서 등록금 댔는데 밤한 시 넘어서 일 끝나면 털썩 주저앉아서 산오징어 세 마리에 소주 두 병 입맛을 쩝쩝 다시며 일어나 헤어졌는데 등록금도 다 내고

아주아주 일이 끝나던 날 가락시장에서 삼만 원짜리 농어 한 마리 둘이서 배 터지도록 먹고 익지도 않은 사과 한박스를 육천 원인가 칠천 원에 떨이로 사서 짊어지고 밤늦게 술 퍼마시는 후배들을 찾아

하나씩 하나씩 나눠주고 많이 가져가는 놈은 봉지에다 담아주고 술집 주인도 바가지에 담아주고 그땐 그게 행복인 줄 알고 밤새도록 춤추고 난리치고 정말 행복했는데 오코야 너는 좋겠다 종훈이 딸로 태어나서 은숙이 딸로 태어나서

은숙이는 최설인데 신춘문예나 신인상이나 본심에서 번번이 떨어진다 재작년부터 작년 올해 내가 아는 것만도 대여섯 번이다 시인이 되려고 그렇게 아등바등하는데 이제 거의 다 된 것도 같은데 아무래도

독한 마음이 좀 모자라나 보다 순하디 순한 감자 같아서 아직 으깨지고 있는 중인가 보다 오코야 이것이 이 세상에 네가 오기 전에 있었던 일이란다 네가 이 낯선 세상에 오기 전에 우리는 이렇게 살고 있었단다

서주아이스주

나는 서주아이스주를 선택한다
그리하여 나는 바밤바 아맛나 부라보콘
월드콘 돼지바 옥동자 누가바 메론바
등등을 선택한 사람들로부터 나를
구분 짓는다

서주아이스주는 서주우유를 사용하고
DHA와 글루칸30(면역력 증강 성분)이
함유되어 있다 내가 서주아이스주를 선택하고
나서 알게 된 것들이다.

국산우유 50%, 정제수, 백설탕, 물엿
유크림(호주산 우유), 혼합분유(벨기에산)
디-솔비톨액, 혼합제재(로커스트콩검, 증점제,
구아검, 유화제), 정제염, 합성착향료(밀크향)
글루칸-30 0.005%[이스트분말 100%(국산)]
수용성 오메가3 0.002%(국산, 도코사헥산엔산 12%)

이것이 내가 먹은 구체적인 항목이다 이를
다시 추상화하면 다음과 같다

열량 115kcal, 탄수화물 20g, 당류 18g,
단백질 2g, 지방 3g(포화지방 1.7g, 트랜스지방 0g)
콜레스테롤 10mg, 나트륨 6mg

나는 서주아이스주를 선택하였고 이제 자연주의
품질주의 서주아이스주에 대하여 샅샅이 알게
되었다 더 궁금한 것이 있으면
http://www.hyojawonnf.co.kr

아맛나 바밤바 옥동자 누가바 죠스바
빵빠레 부라보콘 쌍쌍바 쭈쭈바 아시나요
붕어싸만코 등등을 선택한 사람들은
무엇을 알게 되었을까 옥동자 속에는

죠스바 속에는 붕어싸만코 속에는
무엇이 들어 있었을까

예전에 어떤 여자와 쌍쌍바를 한쪽씩
나누어 먹은 적이 있는데 그때 우리는
무엇을 나누어 먹은 것일까

짜증

　열일곱 번째 짜증이 스물세 번째 짜증에게 말을 건넨다
짜증스럽지 않으세요 이번 짜증은 제가 아니거든요 뒤죽
박죽이죠 요새는 짜증 같지 않은 짜증도 많아요 어떻게
이런 것들도 짜증이 되었나 의심스럽고 안타까운 때가
한두 번이 아니죠 도대체 짜증이라는 것이 뭡니까 모름
지기 짜증은 숙성되는 시간이 필요한 것 아닌가요 이번
에 저 같은 경우는 정말 성숙하고 깊이 있는 짜증을 제대
로 보여주려고 무릎을 꼬고 사색에 잠겨 있던 중에 급히
불려 나왔어요 세상에 이런 짜증이 어디 있어요 제 차례
에 제 볼일이나 보러 다니는 녀석을 어떻게 짜증이라고
할 수 있겠어요 곤혹이나 당황쯤으로 처리해도 될 일을
꼭 짜증을 불러내는 경우는 또 어떻습니까 세상에 짜증
을 이렇게 대접해도 되나요 이게 다 짜증이 짜증답지 못
한 탓이죠 제대로 된 짜증, 한꺼번에 확 밀려오는, 아주
깊은 곳으로부터 사람을 쥐어짜는, 전 생애를 홀랑 뒤집
어놓고 바늘 끝으로 하나하나 건드리는 듯한

샴푸나이트

1

샴푸하러 오세요 샴푸나이트 이만기 강호동 조용필 유재석 짱구 또라이 호박나이트 대박나이트 그래도 나이트는 아라비안나이트 아라비아의 수많은 밤들 그리고 홍콩 우리가 홍콩 간다고 할 때 그 홍콩 香港 향기로운 항구 항구에 정박한 크고 작은 배들 간혹 군함 가진 것이라고는 그것밖에는 없는 군함 머리를 감는 나이트 샴푸나이트 이만기 강호동 유재석 짱구 또라이 호박 대박나이트 하릅강아지 하릅송아지 하룻밤의 이름들

2

나의 욕망은 숨어(드러나) 있다 이만기 강호동 조용필 유재석 속에 호박 속에 대박 속에 나의 욕망이 숨어(드러나) 있다 나의 욕망이 샴푸 냄새처럼 홍콩처럼 번진다 군

함처럼 벌떡 일어선다 향기를 향해 날아가는 포탄 하룹
강아지처럼 하룹송아지처럼 범의 코앞을 스쳐 지나온 수
많은 밤들

3

　이만기면 어떻고 강호동이면 어떠랴 조용필이면 유재
석이면 어떠랴 강호동의 무게와 힘이 느껴지나요 신밧드
는 양탄자를 타고 어디로 날아가나요 바그다드가 그 바
그다드인가요 반지의 거인이 램프의 거인을 이길 수는
없죠 유재석은 당신이 유재석인 줄 알고 있나요 하룹강
아지처럼 하룹송아지처럼 바그다드 바그다드 양탄자도
없는 램프도 없는 아라비안나이트 어차피 샴푸도 없는
샴푸나이트 호박나이트 대박나이트

내 사랑 숯불 닭발

이상훈이 닭발집을 냈다 '내 사랑 숯불 닭발' 귀찮다고
숯불을 빼려는 것을 내가 숯불이 포인트라고 귀찮더라도
꼭 숯불을 피우라고 했다 간판에는 숯불을 빨간 글씨로
박았다

벽에다 자기 시 남의 시 잔뜩 써서 덕지덕지 붙여놨다
그런다고 시인이 오냐? 장사가 되냐? 함기석하고 술 마
시기로 한 날 빨리 함기석 시 하나 써서 잘 보이는 데다
붙여놓으라고 미리 전화를 했다 과연

그냥 시만 써놓지 괴발개발 매직으로 참새 하모니카 되
도 않게 그림까지 그려놨으니 점심 장사도 해보고 배달
도 해보더니 몇 달 있다 접는다고 연락이 왔다

숯불도 사랑도 닭발도 다 부질없었다 밑천이 딸려서 상
권이 죽은 데다 자리를 잡은 것이 가장 큰 패착이었다 고
민고민하다 열라 부채질을 해서 숯불까지 피웠는데 닭발

한테 사랑한다고 고백까지 했는데

피는 못 속여

할아버지는 독립투사였는데 독립운동가 명단에는 물
론 없지 명단에 오른 사람들은 다 행동책이야 할아버지
는 지하의 지하의 지하의 지하의 지하에 계셨는데 할아
버지께서 앉은 자리에서 어깨를 조금 비트시면 지상의
독립운동은 줄기가 바뀌곤 했지

아버지는 토목기사였는데 할아버지의 유전자를 고스
란히 물려받았지 다리 몇 개를 남기시고 일찍 돌아가셨
는데 그중 하나에 올라가 차가운 다리 난간을 쓰다듬어
보면 콘크리트를 비빌 때 강렬하게 독립을 염원했다는
것이 느껴지지

나도 그 유전자를 물려받았는데 유전자는 유전되면서
조금씩 변형되는 모양이야 나는 잠을 자면 늘 만주 벌판
카스피해 시베리아 설원을 헤매고 다니지 그럴 땐 할아
버지 아버지의 꿈이 쫀쫀해 보여 꿈이면서도 꿈이 아니
라니까 어떤 때는 수염에 고드름을 매달고 잠에서 깨어

나는 적도 있어 잠깐만

　지금 막 몽골 초원에 모닥불이 지펴졌어 그 모닥불의
의미는 동쪽으로 부는 바람을 타고 빠르면 여드레 늦어
도 열흘 안으로 나에게 도착하게 되어 있지 모닥불의 의
미가 도착하기 전까지 세상을 둘러봐야겠어

　오늘 스포츠신문 톱은 탤런트 권○○ 양 일억 일본 누
드 진출 기사야 일본에서 일억이면 우리는 십억이야 그
레샴의 법칙이지 엔화가 원화를 구축하니까 헤어가 포함
되면 일억 더 준대 물론 우리한테는 십억이지 바보같이
굴지 마 여기서 헤어는 머리카락이 아냐 이제 일본은 망
하는 거야 권이 십억 받았는데 전○○, 김○○, 최○○는
백억은 받아내지 않겠어? 권이 어떤 라인인지 모르겠지
만 올라 올라 올라가보면 아마 어디쯤에서 다 연결되어
있을 거야 피는 못 속여

오늘 오후에 경복궁에서 수문장 교대식이 있었지 사실은 공익근무요원들이 가짜 수염을 붙이고 하는 거야 나는 조선 시대 병사들보다 고구려 시대 병사들이 더 단순하고 무식하고 용감했을 거라고 생각해 일본말로 안내 방송을 하는데 그것까지는 같은 맥락인지 아닌지 모르겠어 난 일본말을 모르거든

북쪽에서 해커 삼백 명을 양성한다는 뉴스가 나오는군 미련한 짓이지 전기가 끊어지면 말짱 도루묵이야 말단 행동책과 그 후예들의 한계라고 할 수 있지 피는 못 속인다니까

내가 인터넷과 핸드폰을 안 쓰고 동쪽으로 부는 바람을 이용하는 것도 다 그런 이유지 바람에 어떤 의미가 실려 있다고 누가 상상이나 하겠어? 내가 누군지 알기나 하겠어? 유전자 감식? 웃기지 말라고 해 난 필요하면 유전자도 조작해서 바꿀 수 있어

피는 물보다 진하다

    손가락으로 찍어서 맛을 보면 찝찔하다 피는 물보다 진
하다 시간이 지나면 응고된다 엉겨 붙어 딱지가 앉는다
피는 물보다 진하다 말라붙어 얼룩이 된다 잘 빠지지도
않는다 피는 물보다 진하다 오래전에 헤어졌던 형제가
다시 만나 부둥켜안고 피는 물보다 진하다 딸을 버린 엄
마가 시간이 흘러 흘러 참회의 눈물을 흘리며 피는 물보
다 진하다 피는 물보다 진해서 A형 B형 AB형 O형 RH+
RH-가 있다 백인 흑인 황인종 다 그렇다 인류 공통이다
다른 형끼리는 잘 섞이지도 않는다 피는 물보다 진하다
한민족의 피 집시의 피 노숙자의 피 노동자 농민의 피 광
대의 피 양반 상놈의 피 판검사의 피 장사꾼의 피 각각 각
각의 핏줄을 타고 흐른다 피는 물보다 진해서 적혈구 백
혈구가 있다 적혈구는 적혈구대로 백혈구는 백혈구대로
바쁘다 피는 물보다 진하다 한번 얼룩이 지면 복숭아물
살구물이 그렇듯이 잘 빠지지도 않는다

멧새 소리

1

　사장은 나에게 왜 내숭 떨고 지랄이냐고 했다 나는 내숭을 떠는 것이 무엇인가에 대해서 고요히 생각하고 있었다 이렇게 말대답도 안 하고 불쌍한 척 가만히 있는 것이 내숭 떠는 것인가? 사장이 내숭이라면 내숭인 것이다 나는 어떻게 내숭을 안 떨 수 있을까? 대들까? 며칠 있다가 나는 좋은 마음공부 세상공부를 했다고 생각했다 그리고 또 며칠 있다가 회사를 그만두었다 세상에는 사장들이 널려 있어서 그때 마음공부 세상공부가 퍽 도움이 되었다

2

　사장이 나에게 주사파에 대해 물었을 때 나는 나쁘다고 하지 않고 모른다고 대답했다 나는 일본에 대해서도 미

국에 대해서도 이란 이라크 소말리아 아프카니스탄에 대해서도 잘 모른다 가끔 공자님이나 예수님 부처님을 직접 만나고 오신 듯, 공자님도 잘 모르셨던 공자님의 진면목에 대해 말씀을 해주시는 분들이 있다 나는 어디서부터 내숭이고 분수고 꼴값인지에 대해서 도무지 짐작을 할 수가 없다 예수님이나 부처님 공자님이 좀 오버하신 것은 아닌가 하는 생각을 할 때는 있다

용각산

이 소리가 아닙니다. 이 소리도 아닙니다 용각산에서는 소리가 나지 않습니다 그렇게 고요히 한 시대가 갔다 진해 거담 가래를 삭이며 시여! 침을 뱉어라 죽음을 잊어버린 영혼과 육체를 위하여 밤새 내린 하얀 눈에 대고 밤새도록 고인 가슴의 가래를 마음껏 뱉어라

묻지도 않고 따지지도 않고 씹고 뜯고 맛보고 즐기고 씹고 뜯고 맛보고 즐기고 이가 탄탄 잇몸 튼튼 강호동이 눈을 동그랗게 뜨고 정말 신기하다는 듯이 송해에게 묻는다 어쩜 그렇게 탄탄하세요? 나이를 잊어버린 영혼과 육체를 위하여 소리가 나지 않는 용각산 조용히 아직도 우리 곁에 있는 용각산

윤사월

　　나는 민간인이다 민방위 대원이다 비전투 요원이다 지나가는 행인이다 지하철 승객이다 하나은행 용마지점 287번 고객이다 용무를 마치고 나면 다시 행인이다 사비로 밥을 사 먹고 사사로이 공원을 산책한다 벤치에 앉아서 개인적인 생각에 몰두한다 햇살이 따뜻하다 바람이 불고 송홧가루 날린다 소나무도 벚나무도 버드나무도 은행나무도 플라타너스도 잔디도 채송화도 연못도 연못 속에 바위도 연잎도 개구리밥도 금붕어도 올챙이도 공무 집행 중이다 나는 민간인이다 햇빛을 받아 사적으로 쓰고 개인적으로 숨을 쉰다 민가에서 여항에서 아지랑이 아질아질 어항 같은 공원에서

..

나는 반서정적이다 나는 꼭 무슨무슨적이 되고 싶었다
그중 반서정적이 되었다 경제적 미적 호전적 가족적 구
체적 낭만적 종교적 비종교적 정치적 심리적 다 그저 그
렇고 반서정적이 그중 제일 마음에 들었다 서정적의 여
집합 이 세상의 서정적이지 않은 모든 것들 나는 라면을
고르듯이 칫솔을 고르듯이 반서정적을 골랐다

나는 단지 반서정적일 뿐 세계적 국제적 국수적 법적
도덕적 애상적 심미적 골계적 정서적 애국적 산문적 음
악적 육체적 강제적 성적 여성적으로부터 벗어나 근대적
전근대적 수학적 동물적 육감적 대륙적 미시적 거시적
중도우파적 고전적 사교적 환상적 몽환적 시대착오적이
즐비한 진열대에서 나는 흥얼흥얼 라면처럼 칫솔처럼

그리고 제목의 점 두 개는 각각 '반서' '정적'이다

제
4
부

까마귀 검다 하고

백로가 (장난삼아)
비웃었다

까마귀는 자기는 겉은
검지만 속은 흰데 백로는
겉은 희지만 속은 검다고
백로 속에 그리고 자기
속에 들어갔다 나온 것처럼
強辯하였다

백로는
어안이
벙벙하였다

내 시는 약점이 없어

약점을 잡아봐
약점을 잡으면 상으로
볼기를 쳐주지

내 시는 약점이 없어
무결점 무오류의 시
나태함의 극치
가랑비처럼 옷을 적시지

내 시는 약점이 없어
약점이 없는 것이 약점이지
둥글둥글 둥글어서 탈이지

내 시는 약점이 없어
심청이의 것은 심청이에게
향단이의 것은 향단이에게
죄 없는 놈을 잡아다가

볼기를 치지

내 시는 약점이 없어
룰루랄라 당신이 룰루를 말하면
나는 랄라를 꺼내지 랄라에는
룰루 룰루에는 랄라

오리발을 내밀지 뽀얀 닭발에
고추장 양념을 해서 내밀지
박쥐처럼 거꾸로 매달려
잠을 자는 척하지

내 시는 약점이 없어
아니 땐 굴뚝에 모락모락
연기가 오르고 발 없는
말이 천리를 가지
도무지 잡을 수가 없지

소나기는 피하고
가랑비에는 옷을 적시지

땅에서도 이루어지게 하소서

출생헌금 순산헌금 돌헌금 백일헌금 헌아식헌금 새차
구입헌금 취업헌금 좋은일자리헌금 아르바이트헌금 개업
보호헌금 범사헌금 좋은여행헌금 즐거운여행헌금 안전한
여행헌금 출장중보호헌금 여행중보호헌금 사업축복헌금
축복헌금 채우시는축복헌금 가족방문헌금 이주헌금 한국
방문헌금 면허취득헌금 사고중보호헌금 새집마련헌금 이
사헌금 새로운보금자리헌금 화목한가정헌금 집매매헌금
집수리헌금 생일헌금 환갑헌금 결혼헌금 결혼기념헌금
주님품에보냄헌금 장례헌금 추모예배헌금 건강헌금 가족
건강헌금 수술헌금 치유헌금 치료헌금 좋은검사결과헌금
기도응답헌금 주님영접헌금 등록헌금 침례헌금 교회인도
헌금 주님동행헌금 주님인도헌금 주님사랑헌금 주님은혜
헌금 성령충만헌금 깨달음헌금 유학헌금 학업헌금 시험
잘치름헌금 합격헌금 입학헌금 졸업헌금 하나님의도우심
헌금 환난중감사헌금 평안헌금 말씀헌금 목사차량헌금
교회차량헌금 교회건축헌금 교회부지구매헌금 간증인간
증감사헌금 십일조

까막눈

검은 것을 검게
보는 눈이 까막눈이다

흰 종이 위의 검은
활자를 검게 보는
눈이 까막눈이다

신문지를 헌책을
노끈으로 묶어
근으로 달아 팔아치우는
강인한 정신이다

검은 잉크 검은 고양이
짜장면 커피 탄가루 검게
반짝이는 승용차
그리고 어둠이 검다

검은 것과 다투지 않고
종이에 가지런히 말라붙은
검은 것들을 그냥 검게
내버려두는

탄가루처럼
검은 고양이처럼
깊은 어둠처럼 보는
눈이 까막눈이다

마이동풍

불난 집에 부채질을 한다고
실질적으로 얼마나 더 타겠어?
백짓장도 맞들면
불편할 뿐
마이동풍 마이동풍
동풍을 이해하는 말
말의 입장에서
나는 누워서 떡을 먹네
씹기도 불편하고 김칫국을
먹을 수 없네
나는 우이독경보다는 마이
동풍이 좋아 우이독경 소도
힘들고 나도 힘들어
마이동풍 마이동풍
동풍이 그치지 않아
공든 탑이 무너지자 그
탑은 공이 들지 않은

탑이라고 변명을 하네
부뚜막에 고양이를 올려놓고
얌전한 고양이라 몰아세우네
개가 짖고 짖으며 풍월을
읊고 짚신이 짝을 찾네
또 짝이 맞지 않는다고
내팽개치고

발톱

  배가 나와서 발톱 깎기가 여간 불편한 것이 아니다 오
른쪽 발톱은 깎을 만한데 왼쪽 발톱을 깎으려면 힘을 주
어 몸을 구부렸다가 하나 깎고 허리를 폈다가 또 하나를
깎고 해야 한다 자라나는 발톱이 부담스럽다

  레오나르도 다빈치는 발톱을 어떻게 깎았을까 몸도 날
씬했고 헬리콥터를 설계할 정도로 머리가 좋았으니까 별
문제 없었을 것이다 세종대왕은 발을 내밀고 있으면 깎
아주는 사람이 있었을 것이다 퇴계께서는 율곡께서는 나
날이 자라나는 이 성정을 어떻게 처리하셨을까 불감훼상
하기에는 너무 불편하시지 않았을까

  김구 선생님께서는 발톱을 깎으면서 무슨 생각을 하셨
을까 보들레르 랭보 말라르메 마야코프스키 등등은 발톱
을 어떻게 다듬었을까 오사마 빈 라덴의 은신처에는 발
톱을 깎을 만한 것이 있었을까 그냥 군용 대검을 잘 갈아
서 쓰고 있지는 않았을까 백악관에는 미 대통령의 발톱

에 대해서도 어떤 매뉴얼이 있지 않을까

　발가락 끝을 덮어 보호하는 뿔같이 단단한 반투명한 케
라틴 재질 끊임없이 자라면서 여기까지가 당신입니다 당
신이 손을 뻗어 만져지는 여기까지가 당신입니다

서울 탱고

이준기라는 배우가 군대에
갔다 공수부대 군복을 입고
베레모를 쓰고 오른손 검지를
치켜세우고

국가를 지키는
또 하나의 방법
1327
국군기무사령부 신고센터

포스터 속에서 살짝 미소를 짓고
있다 명연기다 연기라면 나도
좀 한다 나는 술을 많이 마시고도
취하지 않은 척할 수 있다
노래방에서 내 나이 묻지 마세요
이름도 묻지 마세요*
방방 뛰며

노래를 부르기도 한다

인생은 구름 같은 것*
다른 세상에
있다가 잠시 다니러 온 것처럼
그냥 쉬었다 가세요
술이나 한잔하면서*

이준기라는 배우가 군대에
갔다 머리를 짧게 깎고
팬들에게 거수경례로 인사를 하고
뒤로 돌아 성큼성큼 병영으로
들어갔다 나는 이십여 년 전에
군대에 갔다 왔다 제대 후

사복으로 갈아입고 사회에
적응 중이다 서울이란 낯선 곳에

살아가는 인생입니다[*]

축구공

  돼지 오줌보 같은 것이다 그러니까 우리가 뻥뻥 걷어찰
수 있는 것이다 만약에 심장이라고 한다면 누군가의 혼
이 들어 있는 것이라면 우리가 함부로 그렇게 뻥뻥 걷어
찰 수는 없는 것이다 발끝으로 톡톡 차서 이리저리 굴리
고 다닐 수는 없는 것이다 돼지의 한 부분 그것도 오줌이
들었던 가죽 보따리라고 한다면 누구라도 뻥뻥 걷어찰
수 있는 것이다 아무것도 아니니까 잘 굴러갈 수 있는 것
이다 생각이 있는 것이라면 그렇게 둥그렇게 굴러갈 수
없는 것이다

폭포

금잔화도 인가도 보이지
않는 밤이 되면 나는
카드를 긋는다 조그맣고
네모난 플라스틱 카드를
한도껏 힘껏 내리긋는다 찌릭찌릭
혓바닥처럼 올라오는 영수증
하단에 오른쪽 위로 날아오를
듯이 날렵하게 사인을 한다
나타와 안정을 뒤집어엎을 듯이
주저 없이 사인을 한다 통장에서
졸졸졸 반성에 졸졸졸 반성을
거듭하며 미간을 찌푸리며 졸졸졸
흐르던 돈이 폭포처럼 쏟아져 내려 어디론가
흘러간다 무서운 기색도 없이
폭도 높이도 없이
수직 낙하한다
금잔화도 인가도 보이지

않는 밤이 되면 나타와 안정을
뒤집어엎을 듯이 취할 순간조차
마음에 주지 않고
무서운 기색도 없이

소

나는 소 있는 집에서 태어났다 우리 할아버지 댁에는
소가 한 마리 있었는데 소가 있는 집은 그렇게 부자는 아
니더라도 먹고살 만은 했다

소 있는 집도 도시에 나오니까 별수 없었다 군대 갔다
오니까 어머니께서 묻지도 않았는데 우리 이제 빚 없다
지금 있는 것은 가게하고 집하고 이렇게 저렇게 하면 우
린 빚 없는 셈이다 그동안 남의 돈 무서워서…… 한동안
빚이 없던 우리는 내가 집을 사면서 또 덜컥 빚을 졌지만

내가 본 소는 풀만 뜯어 먹는 참 순한 동물이었다 할머
니께서는 소가 사람 말 알아듣는다고 여간 조심하지 않
으셨다 소 듣는 데서 소 팔아먹는다는 소리 하지 마라 소
는 고집도 세고 힘도 세다 소가 한번 심술부리면 아무도
못 당한다

젖이나 짜고 사료나 먹고 살이나 불리는 것은 소가 아

니다 기축년의 축 쥐띠 소띠 할 때의 소는 그런 소가 아니
다 오죽하면 소처럼 일하고 소처럼 먹어대겠는가

　그때에는 소는 사람 일을 해주고 사람은 소를 먹이는
것이 일이었다 코뚜레를 뚫고 멍에를 지우지만 꼴도 베
주고 쇠죽도 쒀주고 등도 긁어주고 덕석도 씌워주고 외
양간에 고사도 지내주고

　그리하여 발이 부르튼 아낙과 지친 소가 시냇가에 나란
히 서서, 소는 물을 마시고 아낙은 소의 목에 손을 얹고
소한테 뭐라고 뭐라고 중얼거리는 것이다

　그리고 소 풀 뜯어 먹는 소리 소가 풀을 뜯어 먹을 때
풀이 뜯기는 순한 소리 소가 머리를 주억거릴 때 딸랑거
리는 워낭 소리 우리 어머니가 빚을 다 갚았을 때의 눈빛
한겨울 이른 아침 집 안 가득 구수한 쇠죽 쑤는 냄새

기계, 기계들

나는 시를 쓰는 기계다 컴퓨터 앞에 앉아 나를 Auto 모드로 놓으면 시가 술술 나온다 나는 제꺽제꺽 시를 써제낀다 다 쓴 시는 저장한다 주위를 둘러보면 운전하는 기계도 있다

밥 먹고 잠자고 나와서 계속 운전만 한다 잠깐 쉬었다가 하기도 한다 운전하는 기계도 운전대 앞에 앉아 스스로를 Auto 모드로 놓으면 그냥 자동으로 운전을 하게 되어 있는 것이다 주말이면 산에 올라가는 기계들이 옷을 갖춰 입고 등산을 한다 왜 오르느냐고 물으면

산이 거기 있기 때문에 오른다고 대답한다 기계답다 비평하는 기계도 있다 내가 뭐라고 뭐라고 써놓으면 흘깃보고 한쪽으로 밀어놓는다 끌어당겨서 다시 한 번 더 보기도 하는데 모든 과정이 기계적이다 유감이 있을 리 없다 하루 종일 사무를 보는 기계도 있고

하루 종일 차를 파는 기계도 있다 차를 파는 기계는 대
개 말쑥하고 잘 웃는다 감정이 있나 없나 쓸데없는 말을
시켜보기도 하는데 딱 거기까지만 반응하는 프로그램이
내장되어 있다 기계가 고장 나면 고쳐주는 기계도 있다
그 기계는 무척 비싸다 어제는 시를 쓰는 기계끼리 모여
술을 마셨다

　어떤 기계가 나한테 선생님이라고 했다 같은 기계끼리
무슨 말씀을 나는 술잔을 조금 높이 치켜들고 빙긋 웃었
다 술을 마시다가 부품을 꺼내서 보여주는 기계도 있다
기계 하나가 기계로 사는 것이 슬프다고 조금 울었다 훌
륭한 기계들이다

　기계의 작동 원리를 꿰뚫는 기계도 있는데 오래된 기계
들이라 성능은 좀 떨어진다 내구성을 갖추고 어떤 상황
에서도 오작동을 하지 않는 것이 무엇보다 중요하다 그
리고 방전되지 않을 것 방전되었더라도 겉으로 표시 안

나게 끝까지 이를 악물고 계속 작동할 것

암컷 수컷 잡아서 기름이 둥둥 뜨는데

돼지도 수퇘지에서는 돼지 노린내가 더 난다 수퇘지 노
린내 그래서 우리는 암퇘지 앞족발을 선호한다

내 손은 짐승의 앞발이 진화한 것이다 그리하여 나는
앞발을 자유자재로 사용하면서 도구를 사용하는 인간 말
을 하는 인간 놀이하는 인간 궁극적으로 호모사피엔스사
피엔스가 되었다

호모사피엔스사피엔스가 되어 앞발을 교묘하게 놀려
짜장면을 먹고 양파를 춘장에 찍어 먹고 단무지를 먹고
지갑을 꺼내 짜장면값을 내고 거스름돈을 받아 지갑에
넣는다 또 앞발의 발달된 손가락은 손가락의 촉감은 무
엇을 더듬을 때 무척 유용하다

그래 봐야 나는 수컷일 뿐이다 사람도 수컷에서는 노린
내가 더 난다 수컷 노린내 반면 암컷의 젖가슴 엉덩이 그
리고 종아리는 얼마나 부드러운가

친구들

그들은 내가 논리적이
되었다고 비웃었다
내가 비논리적이었을 때
함께 놀던 친구들

원숭이 똥구멍은 빨개 빨가면
사과 사과는 맛있어 맛있으면
바나나(예전에 바나나가 귀하던
시절) 바나나는 길어 길으면 기차
기차는 빨라 빠르면 비행기
비행기는 높아 높으면 백두산
백두산 꼭대기

비행기는 백두산 백두산
꼭대기보다 더 높다
나는 오늘 여기에서 멈췄다

그래도 오는 동안 즐거웠다
고맙다 원숭이 사과 바나나
기차 비행기 백두산아 백두산 꼭대기야
특히 처음부터 함께 놀았던 원숭이
원숭이 똥구멍에게
더 깊은 감사

그리고 함께 노는 동안
잠자코 있어준
파란 사과들아

배우 또는 배우자가 문제다

나는 꿈속에서도 시를 쓴다
꿈속에서는 편히 쉬고 싶은데
만나고 싶은 사람도 만나고
가고 싶은 데도 가보고
그냥 아무것도 안 하고
푹 쉬고 싶은데
나는 꿈속에서도 시를 쓴다
골몰하고 쫓기고 우쭐거리고
간혹 취직이 되어 이사를
하다가 깨기도 하고
차 열쇠를 잃어버리기도 하고
엉뚱한 교실에서 수업을 하다가
망신을 당하기도 하고
군대를 다시 가기도 한다
그러니까 배우 또는
배우자가 문제다
꿈속에서는 하고 싶은 대로

다 하고 싶은데 그래서
꿈을 꾸는데
꿈은 달콤했으면 좋겠는데
어떤 때는 꿈속에서 마신
물이 쓰고 더럽고

게임의 규칙

우리는 약장사의 거짓말에
익숙하지 효능 효과 성분 부작용
주의사항 그리고 신문 방송 정부의
발표 연극 영화 소설 수필 시 그리고
또 모델하우스 말을 할 수 있는
모든 것들이 거짓말을 하지 나도 물론
거짓말을 하지 아내에게 스스럼없이
사랑한다고 말하지 연극 영화 소설
수필 시 또는 모델하우스
꿈을 보여주지 강아지도
거짓말을 하지 내가 손가락으로 총을
쏘는 척 연기를 하면 총 맞아 죽는
척 가련한 척 불쌍한 척 말을
못 해도 거짓말을 하지 구름도 양 떼가
되었다가 깃털이 되었다가
점 점 점 흩어져
무슨 표시 흔적이

되었다가 곧
말을 바꾸지

박순원의 시는 웃프다

김종훈 문학평론가

거창하게 말하자면 지난 세기의 끝자락에, 소박하게 말하자면 십 수 년 전 대학원에서 박순원을 처음 만났다. 그는 대학을 졸업한 후에 오랫동안 사회생활을 경험한 뒤였고, 나는 이제 막 대학을 졸업했을 때였다. 학교 밖의 생활 자체가 없었던 내게 그의 경험은 낯선 것이었지만, 지난 일에 대해 먼저 물어보지는 않았던 것 같다. 이야기하기를 즐기는 그를 앞에 두고 굳이 그럴 필요는 없었다. 그의 경험은 함께 있는 동안 그의 입을 통해 조각조각 들려왔다. 그 경험의 조각들이 부분적으로나마 꿰어 맞춰진 것은 『주먹이 운다』(서정시학, 2008)가 발간된 이후였다. 시집에서 그는 영화 연출부 서드, 출판사에서 교열 일을 하고 있었다. 그의 회상은 웃음을 유발했으나 그 일은 고되어 보였다.

하지만 그가 사회생활에 지쳐 대학원을 선택하지는 않았을 것이다. 또한 그가 홍진에 묻은 분내를 털어내려고 시를 전공으로 택하지도 않았을 것이다. 시 공부와 시 쓰기가 사회생활과 동떨어져 있지 않다는 것을, 오히려 그 일이 생활을 더욱 곤궁하게 할 수도 있으리라는 것을 그는 충분히 알고 있었을 것이다. 그는 여러 직업을 갖기 이전에 이미 시인이었기 때문이다. '아무도 사랑하지 않겠다'라고 잘못 말했다가 뜨악한 시인의 시선을 받은 적 있는 『아무나 사랑하지 않겠다』(나남, 1992)를 그는 대학을 막 졸업했을 시기에 발간했다. 시인의 말을 빌리지 않더라도 이 시집은 충분히 기억할 만한 것이다.

그의 시는, 박물관에 전시된 예술품이 아니라 시장에 펼쳐진 질그릇과 닮아 있다. 생활과 동떨어져 있는 것이 아니라 생활 속으로 침투하는 것이 그의 시이다. 첫 시집에서는 '1980년대'의 일면이, 둘째 시집에서는 그 이후의 생활이 웃음을 배경으로 드러나 있다. 생활은 박순원 시의 자양분 역할을 하고 있으며 웃음은 활력소 역할을 하고 있는 것이다. 즉, 생활과 웃음은 그의 시를 지탱하는 두 개의 중요한 축이라 할 수 있다.

하지만 그를 처음 만났을 때 보여준 그의 시는 이 두 가지 축 중 어느 하나가 고장 난 것처럼 보였다. 첫 시집 발간 후 약 8년이 지났고, 둘째 시집이 나오기 전까지 약 8년이 남아 있을 때였다. 그때의 시들은 이전의 시와도 이후의 시와도 다른 것이었다. 생활의 흔적이 사라진, 그래서 기호의 놀이에서 생겨나는 웃음이 그의 시를 덮고 있었다. 박제된 웃음이라고 해야 할까. 그 웃음은 핏기가 사라진 것이었으며 언어를 뒤틀어 짜낸 것이었다. 한마디로 그것은 기이했다. 그 시를 읽으면서 나는 그가 왜 대학원에 들어왔는지 조금은 알 것 같았다. 잃어버린 투구 폼을 찾기 위해 다시 재활군을 찾은 선수가 떠올랐다.

왜 그의 시에서 생활이 사라졌을까. 그가 자신의 시적 개성이 웃음에서 확보되는 것을 알고 거기에 집중한 나머지 다른 하나의 축에 소홀하게 된 것일까. 자신의 생활이 시를 상하게 할까 걱정되어 시를 지키기 위해 생활상을 그곳에서 몰아낸 것일까. 어쨌건 결과적으로 그의 시는 다친 상태였고, 그는 이후 회복하기 위해 오랫동안 고심을 거듭했다.

　　나는 떨어진 과일이다 떨어져서 엉덩이가 썩고 있는 과일이다 다 익지도 못하고 떨어져 억울하게 썩어가고 있는 과일이다 향기와 빛깔과 맛과 감촉이 바뀌고 있는 중이다 썩지 않은 부분으로 눈을 시퍼렇게 뜨고 얼마나 잘 사나 보자 노려보고 있는 중이다 윤곽과 윤곽을 채운 살들이 뭉개지고 있는 중이다

　　　　　　　　　—「서정적 구조」 부분, 『주먹이 운다』, 서정시학, 2008.

　　그의 시는 생활을 "노려보고 있는" 상태에 도달했다. 이 시를 기점으로 둘째 시집에 실려 있는 여러 시편들이 쏟아져 나왔다. 그의 시가 다시 그의 삶을 초대하기 시작한 것이다. 가족을 청주에 두고 고시원 생활을 하며 겪은 일화, 그곳에서 겪은 다양한 이들의 사연, 그의 시는 둘레의 삶까지도 초대하기 시작했다. 그는 웃으며 이들을 맞이했다. 『주먹이 운다』라는 인상적인 시집은 그렇게 발간된 것이다.

　　대학원을 졸업하고 둘째 시집을 발간한 뒤 그는 가족이 있는 오창으로 내려갔다. 이는 서울은 조금 조용해지고 오창과 청주 일대는 화사해졌다는 것을 뜻한다. 이번에도 그의 소식이 궁금하지 않았다. 여러 지면에서 보이는 그의 시는 그곳에서의 근황을 알려주었다. 그는 청주 일대에 있는 여러 시인들과 교유하고 있었다. 사람은 바뀌었으나 생활은 그대로였다. 자주 술잔을 기울이는 것도 그 뒤 노래방을

찾아 서울시스터즈의 〈서울 탱고〉를 부르는 것도 그랬다. 조용필의 〈킬리만자로의 표범〉도 등장하는 것을 보니 그의 공연 시간은 여전히 길 것이다. 그는 서울에 있었을 때와 같이 김수영의 시를 읽고 있었고, 간혹 주변 지인들의 생활상을 시에 담아내었다.

하지만 모든 것이 궁금하지 않은 것은 아니었다. 둘째 시집에서 박순원은 이제 막 말놀이의 세계에서 빠져나와 자신의 삶을 응시하기 시작했었다. 이후의 시편에서 웃음과 생활은 어떻게 조응하고 있을까. 사실 이 질문은 중요하다. 박순원 시의 개성을 대변했던 웃음은 이제 우리 시의 주류는 아니더라도, 그 계보를 써내려갈 수 있을 만큼 흐름을 형성했다. 더 이상 웃음이 생겨난다는 사실만으로 그의 개성이 확보되지는 않는다. 그 웃음이 어떤 것인지, 왜 생겨나는 것인지 묻고 찾을 때 박순원의 시적 개성도 도드라질 수 있게 된 것이다.

그의 웃음은, 지적인 우월감을 가지고 세상을 비판하는 풍자와 같으면서도 다르다. 비판할 때 필요한 대상과의 거리감이 있다는 면에서 그의 시는 풍자이다. 하지만 대상을 향한 공격성이 빠져 있다는 면에서 그의 시는 풍자가 아니다. 그의 시에 줄곧 인용되는 텍스트를 꼽아보자. 김소월, 김수영 등의 시 구절, 서울시스터즈와 조용필의 대중가요 가사, 스피노자 등의 철학적 언술, 여러 상업 광고의 카피 등이 등장한다. 시와 원텍스트의 거리가 확보될 만하다. 하지만 이 구절들은 원텍스트의 맥락을 보존하며 시의 의미를 풍성하게 하기보다는 시인의 감정과 처지를 고조하는 데 쓰이고 있다. 거리는 곧 지워진다. 그러므로 비판적 거리 또한 찾기 힘들다.

경비가 삼엄했다 어른들은 마스게임보다도 절도 있고 철통같은 군
인들 경찰들 얘기를 더 많이 했다 행사는 휙 지나갔다 그때 청주를

획 지나간 대통령은 그해 가을에 죽었다 담임선생님은 국사와 도덕을 가르치시는

자상하고 인자하신 분이었는데 조그맣고 조용한 청주를 이렇게 들 썩거리게 한 역사적인 큰 행사에 참여하게 된 것이 나중에 좋은 추억 이 될 거라고 거듭거듭

_「마스게임」 부분

사장은 나에게 왜 내숭 떨고 지랄이냐고 했다 나는 내숭을 떠는 것 이 무엇인가에 대해서 고요히 생각하고 있었다 이렇게 말대답도 안 하고 불쌍한 척 가만히 있는 것이 내숭 떠는 것인가? 사장이 내숭이 라면 내숭인 것이다 나는 어떻게 내숭을 안 떨 수 있을까? 대들까? 며칠 있다가 나는 좋은 마음공부 세상공부를 했다고 생각했다 그리고 또 며칠 있다가 회사를 그만두었다 세상에는 사장들이 널려 있어서 그때 마음공부 세상공부가 퍽 도움이 되었다

_「멧새 소리」 부분

박순원은 이미 겪은 세계의 억압상을 그려도 그에 대해 판단을 유보한다. "좋은 추억이 될 거라고 거듭거듭"으로 마무리되는 「마스 게임」은 시인이 중학교 삼 학년 때의 일화를 담은 시이다. 당시는 시 에서 확인할 수 있듯 군사정권 시대였다. 시대의 엄혹함이 시에는 '마스게임'이라는 상징으로 제시되어 있다. 둘째 시 「멧새 소리」는 사 회생활 때의 일화이다. 사장은 시인에게 비아냥대며 욕설을 퍼붓고 있다. 개인적이건 사회적이건 억압의 주체가 명시되어 있기 때문에 그에 대한 비판적 의식을 드러낼 법도 한데, 그는 직접적으로 그것에

대해 말하지 않는다. 그렇다고 간접적으로 보여주고 있다고 말하기도
어렵다. 이 일화를 기억에서 끄집어냈다는 점에서는 그렇다고 해야
할 것이다. 하지만 첫째 시의 경우를 보자. 자상하고 인자한 선생님의
"역사적인 큰 행사에 참여하게 된 것이 나중에 좋은 추억이 될 거"라
고 거듭 말하는 것으로 시가 마무리되고 있다. 여기에서 기만을 읽을
것인가, 순진함을 읽을 것인가. 기만을 읽기에 선생님은 자상하고 인
자하며, 순진함을 읽기에는 그 선생님은 거듭거듭 그것을 강조하여
말하고 있다. 기만과 순수 어느 쪽으로 판단이 기울지 못하도록 시인
은 마무리를 열어놓았다. 둘째 시도 사정은 마찬가지이다. 납득하기
힘든 사장의 질책이 있었다. "세상에는 사장들이 널려 있"다고 생각
하는 것으로 보아, 이 사장은 세상의 납득하기 힘든 권위를 상징한다.
그러나 시인은 사장을 비꼬거나 야유하지 않고 직장을 그만둔다. 풍
자의 색채가 흐릿하다. 그가 직장을 그만두었기 때문에 포기라고 인
식해야 할까. 그렇게 말하기도 어렵다. 그는 이를 "마음공부 세상공
부"라고 받아들이며 진심을 감추고 있기 때문이다.

　비판 의식을 감춘 것인지, 감추도록 길들여진 것인지, 아니면 아예
없는 것인지 분명히 보여주지 않기 때문에 그의 시에서 생겨나는 웃음
은 문턱에 걸린 풍자라고 해야 할 것이다. 풍자를 쓰고 싶지 않다면
아니면 대상과 화해하는 해학으로 보아야 할 텐데 웃음 뒤에 전제되어
있는 슬픔은 또한 그의 시를 온전한 해학으로 보기 어렵게 한다.

　　장식으로 내놓은 바닷가재 머리에 붙은 다리가 조금씩 움직였다
　　박사논문 심사 뒷자리에 어떻게 끼여 앉은 것인데 나는 구석에서 가
　　끔씩 헛기침을 하면서 앞발만 조금씩 움직여 음식을 먹었다 그리고
　　집에 와 잠이 들었는데 일본말을 하게 된 것이다 나는 속으로 일본말

을 할 줄 몰라 겁이 나면서도

_「홋카이도」 부분

　나는 아직 이불 속에 웅크리고 있는데 이른 아침 아내가 배춧국을
끓인다 배추는 이른 아침부터 불려 나와 끓는 물속에서 몸을 데치고
있다 배추는 무슨 죄인가 배추는 술담배도 안 하고 정직하게 자라났
을 뿐인데 배추에 눈망울이 있었다면 아내가 쉽게 배춧국을 끓이지는
못했을 것이다 생각이 여기에 미치자 그래 나도 눈망울을 갖자 슬픈
눈망울 그러면 이른 아침부터 불려 나가 몸이 데쳐지는 일은 없을 것
이다

_「이른 아침」 부분

　숯불도 사랑도 닭발도 다 부질없었다 밑천이 딸려서 상권이 죽은
데다 자리를 잡은 것이 가장 큰 패착이었다 고민고민하다 열라 부채
질을 해서 숯불까지 피웠는데 닭발한테 사랑한다고 고백까지 했는데

_「내 사랑 숯불 닭발」 부분

　시집에서 가장 많은 웃음을 유발하는 부분들이다. 「홋카이도」에
서 눈치 보이는 자리에 낀 시인은, 상에 놓인 가재가 발을 움직이듯
조금씩 손을 움직여 음식을 맛보고 있다. 「이른 아침」에서 시인은 슬
픈 눈망울이 있다면 아침부터 배추가 끓는 물에 데쳐지지는 않았을
것이라 가정하며, 일찍 데쳐지지 않기 위해서 슬픈 눈망울을 짓는 연
습을 해야겠다고 다짐하고 있다. 「내 사랑 숯불 닭발」의 시인은 손님
이 없어 폐업하는 지인의 닭발집 상호를 되새기며 "닭발한테 사랑한
다고 고백까지 했는데"라고 아쉬워하고 있다. 재밌는 정황이지만 이

를 마냥 즐기지 못하는 까닭은 약자의 처지가 느껴지기 때문이다. 「홋카이도」에서 가재와 시인이 동일시되는 장면은 웃기다. 하지만 가재는 죽기 직전이고, 시인은 눈치 보는 자리에 있다. 웃음 뒤에는 슬픔과 연민이 있는 것이다. 「이른 아침」도 눈망울이 달린 배추를 상상하는 것은 재미있다. 하지만 "아침부터 불려 나가 몸이 데쳐지는 일은 없"기 위해 슬픈 눈망울을 짓는 연습을 해야겠다는 다짐은 슬프다. 「내 사랑 숯불 닭발」은 닭발에게 사랑을 고백했다는 진술은 재미있으나, 가게가 폐업하기 직전이라서 상황은 슬프다. 웃음 뒤에 드러나는 것은 냉혹한 현실이다.

박순원의 시에서 비롯되는 웃음은 온전한 풍자도 온전한 해학도 아니다. 풍자로 보기에는 공격성이 무디고 해학으로 보기에는 화해가 불완전하다. 그는 웃음을 시에 부려놓았으나, 그 웃음을 빨아들이는 슬픔이 시에는 있다. 가재가 그렇듯, 배추가 그렇듯, 또한 닭발이 그렇듯 그 화해는 대상이 지닌 슬픔의 공유로 이뤄진다. 그렇다면 이를 동병상련이라고 해야 할까. 같은 아픔을 겪는 이들끼리 서로 연민하며 고통을 줄이려는 것일까. 하지만 함께 슬픔을 나누는 대상들은 이미 슬퍼하는 것들이 아니라 시인에 의해 슬픔이 발견되는 것들이다. 누가 가재와 배추와 닭발의 슬픔을 알았겠는가. 박순원의 시를 거듭 읽게 되면 슬픔이 치유되기보다는 슬픔이 확산되는 경험을 하게 된다. 또한 그 과정에서 슬픔을 나누기 위해 다른 대상을 찾기보다는 자기 자신의 고립감을 확인하기 위해 대상을 상상하는 시인의 모습을 그리게 된다. 그는 웃기면서 슬픈 시를 쓴다.

그의 웃음은 타고난 것이지만 그의 슬픔은 살면서 생겨난 것이다. 한때 꿈꾸었으나 이내 접어야만 했던 욕망과 좌절의 격차가 그의 슬픔을 조성했다. 그 욕망은 그리 큰 것이 아니다. 정기적으로 연말정산

할 수 있는 일자리나 가끔 눈치 보지 않고 동료 후배들에게 넉넉히 술을 살 수 있을 정도의 수입이다. 시 쓰기에 대해서도 "오십에든 육십에든 좋은 시/다섯 편만 쓰면 되지 않겠어요"(「마산에서」)라고 말할 정도로 그 꿈은 소박하다.

하지만 그는 욕망이 좌절된 원인을 자기 자신 이외에서 찾지 않는다. 스스로 욕망을 가졌기 때문에 좌절했다는 것이다. 이는 그를 웃게 할 수는 있어도 적절한 답변은 아닌 것 같다. 욕망이 좌절된 원인이 자기에게만 있겠는가. 더욱이 그 욕망은 소박하다고 할 수 있는 것 아닌가. 그럼에도 불구하고 그 다른 원인을 찾지 않는 것은, 그의 타고난 낙천적인 기질 때문이기도 하겠지만, 비판할 경우 더 큰 좌절을 가져다줄 세상의 힘을 그가 인식하기 때문이기도 할 것이다. 그는 세상 탓을 할 수 있는 상황에서도 이를 세상공부라 여긴다. 하지만 감내하기 힘든 절망이 찾아올 때 그의 시에서 웃음은 사라진다.

지나가다 어떤 강아지에서 체념의 표정을 읽을 때가 있다 대부분의 강아지는 명랑하지만 간혹 시무룩한 강아지를 만나기도 한다 주인의 비위를 맞추기 위해 일부러 낑낑거리며 불쌍한 척 슬픈 척 연기를 하는 강아지도 있다

강아지는 체념이라는 말을 모르기 때문에 자신이 무엇을 하고 있는지 모르겠지만 체념이라는 말을 아는 내가 보기에 그것은 분명 체념의 표정이었다 나도 체념이라는 말을 알지 못했다면 모든 것을 단념해야 하는 이 상황과 이 처참한 기분을 뭐라고 해야 할지

나는 낙지의 표정을 읽을 수는 없지만 산낙지로 연포탕을 끓일 때

마지막으로 크게 한번 몸을 뒤트는 것 그것이 체념이 아니면 무엇이
겠는가

_「나는 개를 기르지는 않지만」 전문

이 시에서 슬픔은 '체념'이라는 조금 더 시무룩한 모습으로 나타
나고 있다. 시인은 슬픔을, 체념의 정서를 강아지에게서 발견한다. 강
아지가 "주인의 비위를 맞추기 위해 일부러 깽깽거리며 불쌍한 척 슬
픈 척 연기"를 하고 있기 때문이다. 그는 자신도 그렇다고 생각하는
것은 아닐까. 강아지의 주인은 특정한 사람이겠지만, 그는 끝내 자기
의 슬픔을 낳은 주체를 밝히지 않는다. 어쩌면 알 수가 없는 것일지
도 모르겠다. 그는 그 주체를 말하지 않고, 체념의 모습에 주목한다.
연포탕을 끓일 때 "마지막으로 크게 한번 몸을 뒤트는" 낙지의 모습
으로 형상화된 체념은, 비천한 존재는 죽음을 걸어야 한 번 눈에 띄
게 된다는 슬픈 사실을 일러준다.

그는 이렇게 마음공부, 세상공부를 하고 있다. 하지만 좌절의 원
인 대신 등장한 좌절의 모습은 그의 시에 개성과 깊이를 확보해주기
도 한다. 그는 재밌는 상상력으로 각종 대상들에게서 사소함과 비천
함을 찾아 자신과 동일시한다. 이들은 그의 시에 불려 나와 웃음을
주는 동시에 슬픔을 다채롭게 형상화한다. "불 밝히는 일 딱 한 가지
일만 하다가 끊어지면 끊어져서 덜렁거리면 유리와 함께 버려지는"
(「필라멘트」) 필라멘트, "아무것도 아니니까" "뻥뻥 걸어찰 수 있는"
(「축구공」) 축구공 등이 그 예의 일부이다.

한편, 그는 자신을 이 사소하기 때문에 버려지는 것들, 아무것도
아니니까 걸어찰 수 있는 것들과 견주는 과정에서 고귀한 의미들을
하나씩 새겨 넣기도 한다. 필라멘트는 끊어지기 전까지 "불 밝히는

일 딱 한 가지"를 계속한다. 그 일이 그에게는 좋은 시를 쓰는 일처럼 삶을 지탱하는 보람된 일일 것이다. 축구공은 "둥그렇게 굴러"가기 때문에 아무나 걷어차도 좋은 것이다. 그가 대놓고 축구공을 야유하는 까닭은 그도 아무 생각 없이 굴러가는 것처럼 보이지만, 실제로는 시를 쓰며 모난 구석을 만들어놓기도 하기 때문이다.

배가 나와서 발톱 깎기가 여간 불편한 것이 아니다 오른쪽 발톱은 깎을 만한데 왼쪽 발톱을 깎으려면 힘을 주어 몸을 구부렸다가 하나 깎고 허리를 폈다가 또 하나를 깎고 해야 한다 자라나는 발톱이 부담 스럽다

레오나르도 다빈치는 발톱을 어떻게 깎았을까 몸도 날씬했고 헬리 콥터를 설계할 정도로 머리가 좋았으니까 별문제 없었을 것이다 세종 대왕은 발을 내밀고 있으면 깎아주는 사람이 있었을 것이다 퇴계께서는 율곡께서는 나날이 자라나는 이 성정을 어떻게 처리하셨을까 불감 훼상하기에는 너무 불편하시지 않았을까

김구 선생님께서는 발톱을 깎으면서 무슨 생각을 하셨을까 보들레 르 랭보 말라르메 마야코프스키 등등은 발톱을 어떻게 다듬었을까 오 사마 빈 라덴의 은신처에는 발톱을 깎을 만한 것이 있었을까 그냥 군 용 대검을 잘 갈아서 쓰고 있지는 않았을까 백악관에는 미 대통령의 발톱에 대해서도 어떤 매뉴얼이 있지 않을까

발가락 끝을 덮어 보호하는 뿔같이 단단한 반투명한 케라틴 재질 끊임없이 자라면서 여기까지가 당신입니다 당신이 손을 뻗어 만져지

는 여기까지가 당신입니다

—「발톱」 전문

발톱을 깎으며 "여기까지가 당신입니다"라고 되뇌는 이의 마음은 어떤 것일까. 이 '까지'는 연장을 뜻하는 것일까, 아니면 한계를 뜻하는 것일까. 연장을 뜻한다면 배가 자연스럽게 나올 나이가 와도 성장하는 발톱에 대한 고마움이 이 안에 담겨 있는 것인가. 아니면 그 나이가 되어도 계속 자라는 발톱에 대한 민망함이 그 안에 담겨 있는 것인가. 어쨌건 '까지'에 연장의 뜻이 담겨 있어도 고마움으로 전부 환원되지 않는 것은 분명하다.

시의 맥락을 따르면 한계의 의미가 많이 담겨 있다고 해야 할 것인데, 이 또한 그 의미가 어느 하나로 환원되지 않는다. 시인이나 역사적 인물들이나 모두 발톱이 자라고, 자란 만큼 깎는다. 발톱을 깎는 일 앞에서는 모두 똑같은 인간인 것이다. 이와 같은 해석은 약간 서글픈 동일시이기는 하지만 자신을 사소한 존재로 인식하는 시인에게는 위안을 주는 것이다. 다른 한편, 꺾여도 다시 생겨나는 욕망과 깎아도 다시 자라는 발톱이 동일시되며 스스로 소박한 욕망이나마 끊어내야 하는 운명이 환기되기도 한다. 욕망을 다스리는 모습이 여기에도 나타나는 것이다.

"인생은 구름 같은 것에서 구름이 무척 높은 음인데 그런 높은 음을 내고 나면 곧바로 그냥 쉬었다 가세요 술이나 한잔하면서"(「아! 사루비아 꽃을 든 남자」)에서 확인할 수 있듯 그는 욕망을 뜬구름으로, 시 쓰기를 휴식으로 상정한다. 그의 시는 높은 음을 내려고 애썼으나 그 높은 음에 도달하지 못하고 내려앉은 이들의 쉼터이자, 그곳에 한때 도달했으나 그 순간이 짧다는 것을 인식한 이들이 마음을 놓는 자리이다. 그는 그 자리에서 술 한잔하자고 권하고 있다. 많은 독자들이 그의 요청에 응할 것이다.

　박순원은 늘 유쾌한 사람이다. 그의 웃음은 그에게만 해당되는 특별한 것일 수 있다. 하지만 거기에서 파생되는 슬픔은 보편적인 것이다. 그의 시에 배어 있는 슬픔은 웃음이 삶과 부딪치며 생겨난 것이다. 그 삶은 이 시대의 일상과 크게 다른 것이 아니다. 앞에서도 말한 것처럼 그는 소박한 일상을 동경하고 일상이 좌절되는 것에 대해 슬퍼한다. 또한 그는 비판적 시선을 바깥에서 안으로 돌리곤 한다. 소박한 욕망이 좌절되고 강요받지 않았는데도 자책하는 습관은 우리 시대의 보편적인 감정이다. 공격성이 거세되고 체념을 강요당하는 것 또한 이 시대의 보편적 상황이다. 그의 웃음은 슬픔을 더욱 두드러지게 한다는 면에서, 다른 한편으로는 그 슬픔을 견디게 해준다는 면에서 끝내 보편적인 것이다. '웃기다'와 '슬프다'가 합쳐져서 '웃프다'라는 말이 유행하고 있다. 어떤 말이 유행하는 데에는 까닭이 있는 것이다. 박순원의 시는 이 시대의 일상을 충실히 반영하며 웃프다.

'꿈틀' 힘주어 발음하면
'틀'이 조금 움직이는 것 같다

박순원